対訳でたのしむ

鵜飼《うかい》

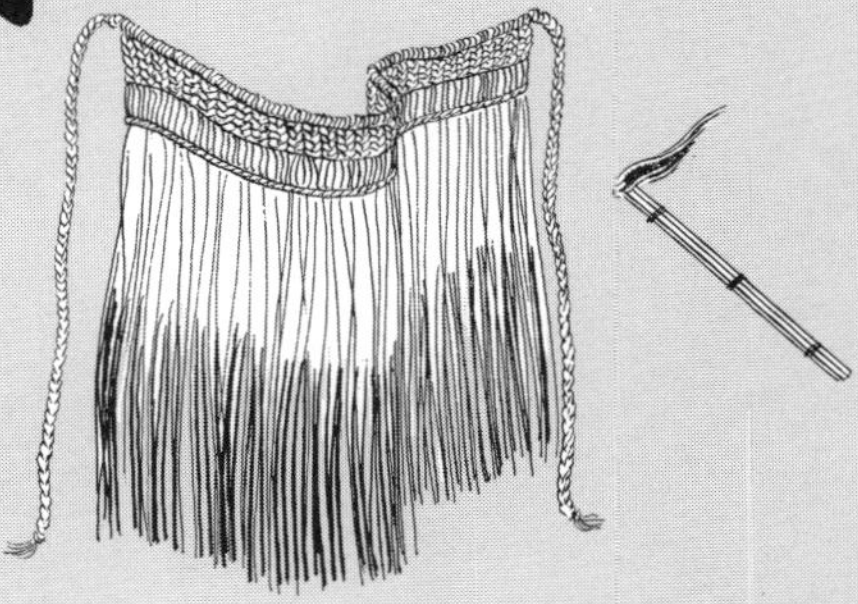

檜書店

目次

凡例

一、下段の謡本文及び舞台図（松野奏風筆）は観世流大成版によった。
一、下段の大成版本文は、横道萬里雄氏の小段理論に従って、段・小段・節・句に分けた。それらはほぼ上段の対訳部分と対応するように配置した。
一、下段の謡本文の句読点は、大成版の句点を用いず、また小段内の節の切れ目で改行した。
一、段は算用数字の通し番号で示して改行し、その段全体の要約と舞台展開、観世流とその他の流派との主な本文異同を中心に説明を付した。
一、小段名は舞事などを含む囃子事は〔　〕で、謡事は［　］で括り示した。

鵜飼（うかい）

三宅晶子

〈鵜飼〉（うかい）

安房《あわ》の国清澄《きよすみ》（千葉県鴨川市）の僧（ワキ）が、一人の従僧（ワキツレ）を伴って、甲斐《かい》の国（山梨県）まで行脚《あんぎゃ》の旅に出た。石和《いさわ》の里（笛吹市）にたどり着き宿を探すが、他国の人に宿を貸すことが禁止されている土地で、泊まることができない。里人（アイ）に教えられるままに、川崎（川に突き出た場所）の御堂に落ち着くと、そこへ鵜使いの老人（前シテ）が姿を見せる。

僧は、鵜使いが年老いているのを見て、もう殺生は止めるよう諭すが、若い頃からの生業《なりわい》で、止めることなどできないと答える。そんな老人を見て従僧は、二、三年前にこの川下の岩落《いわおち》というところで同じような鵜使いと出会い、教化すると、家に招かれて一晩懇《ねんご》ろに持てなされたと語る。老人はそれを聞いて、その鵜使いは亡くなったと言い、回向《えこう》を願って、殺生禁断の場所で鵜を使って罧《ふしづけ》の刑（簀《す》巻きにして水中に沈めて殺すこと）に処せられた鵜使いの最期の様子を物語る。

実は自分はその鵜使いの亡霊であると告げると、僧は懺悔として業力《ごうりき》の鵜を使って見せるように言う。さも楽しげに鵜を使う様子を見せた後、老人は闇路に消え失せる（中入）。

僧たちが石和川の小石を拾い集め、一石に一文字ずつ法華経の文句を書いて川に沈め、供養していると、地獄に堕ちた老人の亡魂を極楽浄土へと送るために地獄の鬼（後シテ）が登場する。鬼は法華経の威力を語り、僧という者は行脚することによって衆生を救済する手立を得るのだと語って、再び地獄へと帰っていく。

《この能の魅力》

『申楽談儀』では〈鵜飼〉について六カ所も言及され、世阿弥にとって気になる作品であったことがわかる。特に重要な記事は、前場は観阿弥の謡を真似て世阿弥が手を入れたらしく、5段［段歌］のみ地謡で、残りは全て一人謡いの闌曲《らんぎょく》となっていること。後シテの鬼は観阿弥の演じた「融の大臣《おとど》の能」から移していること。〈鵜飼〉を演じるために、世阿弥が初めて使った面であることなどである。

後シテは前とは別人で、地獄の悪鬼であるから、大和猿楽本来のやり方なら、恐ろしさで観客を圧倒するのだろうが、現存する後場は、罪人を救済して極楽へ送る様子を見せ、法華経を讃える内容だから、恐ろしさ一辺倒ではない優しさを兼ね備えた鬼となっている。後場は世阿弥による改作後の形なのだろう。

前シテの演じる業力の鵜使いの見せ場は、夏の闇夜に映える篝火のはかない美しさを印象的に描いており、そこには新古今以来歌の世界で開発されてきた美意識が反映している。その人工的に作られた光の中で行われる禁断の鵜飼に興じる、狂気じみた老人の姿は、松明《たいまつ》を振りかざす演技の効果によって、舞台上にリアルに浮かび上がる。鵜使いは地獄でやらされている業力の鵜の再現であるにもかかわらず、その面白さに夢中になってしまう。

ワキの僧の出身地である清澄は、日蓮が少年時代を過ごし、立教開宗を宣言した清澄寺を指すし、行脚の目的地である甲斐には、日蓮が開山した身延《みのぶ》山久遠寺《くおんじ》がある。法華経の効力によって地獄の亡者が極楽往生を遂げる奇跡を描いている点から見ても、この旅の僧は日蓮の可能性がある。ただし、はっきり名乗らせないで、名も無き廻国行脚の僧は、もしかしたら日蓮なのかなと思わせている。その方がより純粋に、法華経の威力と僧の超人ぶりが印象付けられる。ワキツレがただの従僧ではないのも、さすが弟子でも偉いのだと感心できて楽しい。

【作者】榎並《えなみ》の左衛門五郎《さえもんごろう》原作。世阿弥改作。『申楽談儀』に「榎並の左衛門五郎作也……悪き所をば除き、よきことを入れられければ、…世子作成べし」とある。

【題材】未詳。

【場面】

前場　甲斐の国石和（現在の山梨県笛吹市）、川岸の御堂、夏の夜。

後場　同日同所の深夜。

【登場人物】

前シテ　鵜使いの老人の霊（面、笑尉《わらいじょう》・朝倉尉《あさくらじょう》）

後シテ　地獄の鬼（面、小癋見《こべしみ》）

ワキ　旅僧

ワキツレ　同行の僧

アイ　石和の里人

1

旅の僧の登場　安房《あわ》の清澄《きよすみ》出身の僧（ワキ）が従僧（ワキツレ）を一人伴って登場し、甲斐《かい》の石和《いさわ》まで行脚する。

〔名ノリ笛〕が演奏される中をワキ・ワキツレが橋掛りを渡って静かに登場し、ワキは常座に立ち、ワキツレは一の松に控える。〔名ノリ〕の後、ワキツレも舞台に入り、正面先で向かい合って立つ。〔上ゲ歌〕後半でワキは舞台を移動して、旅の様子を見せる。〔着キゼリフ〕後、ワキは脇座に、ワキツレは地謡座前に着座。

〔名ノリ〕部分に諸流小異がある。〔上ゲ歌〕返し（二度目）の「やつれ果てぬる旅姿」は、宝生・金春はワキツレのみが謡う。

〔名ノリ笛〕　笛のみで演奏される登場楽が静かに演奏される中を、旅の僧たちが登場する。

旅の僧　私は安房の国清澄（千葉県鴨川市）から出てきた

〔名ノリ笛〕

〔名ノリ〕

ワキ〽これは安房《アワ》の清澄《キヨスミ》より

僧侶でございます。私、まだ甲斐の国（山梨県）を見たことがございませんので、この度甲斐国行脚を思い立ちました。

旅の僧

この先いつまでかかるとも知らず、白波が清らかな泡を立てている安房の清澄を船出して、六《むつ》浦《ら》（神奈川県横浜市金沢区）の渡りに着き、さらに鎌倉山を越えた。

旅の僧たち

やつれ果てた旅姿だが、やつれ果てた旅姿だが、世を捨てた身だから恥ずかしいとも思わない。一夜を野宿して草の筵《むしろ》に仮寝すれば、鐘の音を草枕で聞くことになる。そのように日を重ね、枕上でする鶴の声で目覚めた都留《つる》の郡（山梨県都留市）を早朝に発ったのに、日も高くなった頃山道を越えて、ようやく石和に到着したことだ。

（旅の僧　石和に到着したから宿を取ろう）

出でたる僧にて候《ソオロオ》、我いまだ甲斐《カイ》の国を見ず候程に、この度《タビ》甲斐の国行脚《アンギャ》と志《ココロザ》して候

[サシ]

ワキ〽行《ユ》く末何時《イツ》と白波《シラナミ》の、安房の清澄立ち出でて、六浦《ムツラ》のわたり鎌倉山《カマクラヤマ》

[上ゲ歌]

ワキ
ワキツレ
〽やつれ果《ハ》てぬる旅姿《タビスガタ》、やつれ果てぬる旅姿、捨《ス》つる身なれば恥ぢられず。
一《ヒト》夜《ヨ》仮寝《カリネ》の草むしろ、鐘《カネ》を枕の上《ウエ》に聞く、都留《ツル》の郡《コオリ》の朝立《アサダ》つも、日たけて越ゆる山道《ヤマミチ》を、過ぎて石和《イサワ》に着きにけり、過ぎて石和に着きにけり。

（ワキ着セリフアリ）

2

旅の僧と石和の里人の会話　僧（ワキ）は里人（アイ）を呼び出し一夜の宿を乞うが、旅人へ宿を貸すことを禁じられていると断られる。重ねて頼んでも、この土地の大法を自分の一存では破れないから、早く通れと言われる。どうしてもだめだと言われて仕方なく立ち去ろうとすると、里人は急に思い出して、川崎の御堂へ行って泊まれと教える。ただしそこは夜な夜な光り物が出るから心せよと注意されるが、僧はその忠告に動じることなく法力で泊まると言って立ち去る。里人は偏屈な人だとあきれる。

ワキは脇座に、アイは狂言座に着座する。

［問答］

（ワキ狂言問答アリ）

（旅の僧は里人に宿を乞う）

3

鵜使いの老人の登場　松明《たいまつ》を手にした鵜使いの老

人（前シテ）が登場し、鵜を使う面白さと殺生を業とする罪深さを詠嘆する。

橋掛りを渡ってシテが登場し、松明を振りながら常座《じょうざ》に立ち、謡い始める。詞章に合わせて少し顔を上げ下げし、感情を表す。

［サシ］「捨つべきに」は金春・喜多「捨つべきを」。「契りをなし」は金春・金剛「契りをこめ」。「引きかへ」は宝生「引きかへて」。「月の夜頃《ごろ》」は宝生「月の夜頃《ころ》」。［着キゼリフ］は諸流小異がある。

〔一声《いっせい》〕リズムに乗った登場楽《がく》が静かに演奏される中を、鵜使いの亡霊が登場する。

老人 鵜舟に点《とも》す篝火の、消えた後の暗闇にも似た、死出の旅路の闇をどうたどればよいのだろう。

老人 まことに、この世が辛いと思うのだったら捨てて出家すればよいものを、そんな気持ちはさらさら無く、夏の川で鵜を使うことの面白さにかまけ、殺生するあさはかさよ。
伝え聞くところによると、昔遊子・伯陽という

〔一声〕
［一セイ］
シテ〽鵜舟《ウブネ》にともす篝火《カガリビ》の、後《ノチ》の闇路《ヤミヂ》を、如何《イカ》にせん。
［サシ］
シテ〽げにや世の中を憂《ウ》しと思はば捨《ス》つべきに、その心更《サラ》に夏川《ナツガワ》に、鵜使《ウツコオ》ふ事の面白さに、殺生《セッショオ》をするはかなさよ。
伝《ツタエ》へ聞く遊子伯陽《イウシハクヨオ》は、月に

夫婦は、共に月を愛で、月に誓って夫婦の契りを交わしたことによって、死後牽牛《けんぎゅう》・織女《しょくじょ》という二つの星となったそうだ。今の世の殿上人《てんじょうびと》も、月の出ない夜をこそ悲しまれるというのに、私はそれに引き替え、月のある夜々を嫌い、闇になる夜を喜ぶので、

老人 鵜舟に点す篝火の、消えて漁ができなくなる闇こそが悲しいのだ。

老人 なんとつまらない生業《なりわい》であろう、このような職業につく羽目に陥ったのは前世の行いが悪かったためと、今は後悔しているのだけれども、その甲斐もなく、やはり波間に鵜舟を漕ぐしかない。

こんなに惜しんだところで、どうせ死んでしまうはかない命を長らえようと、せっせと励む仕事の辛いことよ。

老人 いつものように御堂にあがって、鵜を休めましょう。

誓《チカ》つて契《チギ》りをなし、夫婦二つの星《ホシ》となる、今の雲の上《ウエ》人《ビト》も、月なき夜半《ヨワ》をこそかなしみ給ふ《オ》に、我はそれには引きかへ《エ》、月の夜頃《ヨゴロ》を厭《イト》ひ《イ》、闇《ヤミ》になる夜《ヨ》を喜《ヨロコ》べば

[下ゲ歌]
シテ〽鵜舟《ウブネ》に灯《トモ》す篝火《カガリビ》の、消えて闇《ヤミ》こそ悲しけれ。

[上ゲ歌]
シテ〽拙《ツタナ》かりける身の業《ワザ》と、拙かりける身の業と、今はかひ《イ》も先《セン》非《ピ》を悔《ク》ゆれども、かひ《イ》も波《ナミ》間《マ》に鵜舟漕《コ》ぐ。これほど惜《ヲ》しめども、叶《カナワ》ぬ命《イノチ》つがんとて、営《イトナ》む業のもの憂《ウ》さよ、営む業のもの憂さやよ。

[着キゼリフ]
シテ〽いつもの如《ゴト》く御堂《ミドオ》にあがり鵜を休めう《オ》ずるにて候

4

鵜使いの老人と旅の僧たちの会話　鵜使いの老人（前シテ）は松明をかざして、御堂の内に居る僧たち（ワキ・ワキツレ）を見つけ、言葉を交わす。罪深い殺生を止めるよう諭す僧に対して、それは無理だと言う老人。その姿を見ていて従僧は以前出逢って一夜接待してくれた鵜使いを思い出す。老人はその時の鵜使いは亡くなったと言って、中央に出てすわり、その最期の様子を物語る。

この段は諸流異同が多い。大きな違いは次の四点である。①［問答］冒頭部分で、金春・喜多ではシテが里では旅人に宿を貸すことはご禁制であるということを知らないことになっており、金剛ではそれについて言及されない。②喜多は［問答］「いつも月の程は……今さら止っつべうもなく候」まで省略されている。③［問答］後半「それは何故空しくなりて候ぞ」の「それは」の部分が、金春「生死のならい尋ね申す事はなく候えども」（金剛・喜多もほぼ同じ）となっている。④［語リ］「忍び上つて鵜を使ふ」の後に金春は「なに者なればかかる殺生禁断の所にて鵜をつこうらん」が入り、「彼を見顕さんと企みしに」が「彼を見顕し後代のためしにふしづけにせんとねろう」となって、この部分ですでに罧《ふしづけ》の刑にすることを伝えている（金剛・喜多もほぼ同形）。その他説明が前後したり、表現が少し異なる部分は多いが、内容上の重要な違いはない。

上掛りでは［語リ］後半部の「その時左右の手を合はせ」からサシ調の謡となるが、下掛りでは「かかる殺生禁断の」からとなっている。下掛りには［下ゲ歌］の後に地謡による以下の［上ゲ歌］がある。「娑婆の業因深き故、娑婆の業因深き故、魂は冥途に赴けば、魄は此の世に苦を受くる。人の上には無きものを、我が跡弔ひてたび給へ、我が跡弔ひてたび給へ。」

老人　やや、これは、旅のお人がいらっしゃいますね。

旅の僧　さようです。諸国行脚《あんぎゃ》の僧なのですが、里で宿を借りようとしましたら、ご禁制と申しますの

［問答］

シテ〽や、これは往来《ヲオライ》の人の御《オン》入《ニ》り候よ

ワキ〽さん候往来の僧にて候が、里にて宿《ヤド》を借り候へ《エ》ば、禁制《キンゼイ》の由申し候程に、

で、それでこの御堂に泊まっております。

老人　たしかに里でお宿をお貸ししようとする者はありますまい。

旅の僧　ところであなたはどういう方なのですか。

老人　そうですね、私は鵜使いですが、いつも月の出ている間はこの御堂で休み、月が入ってしまうと鵜を使います。

旅の僧　それならば私たちがここに泊まっても差し支えない方でございましょうか。お見受けするとすでに随分お年を召されておいでですが、このような殺生の業は不届きなことです。ぜひともこの業をお止めになって、他の仕事で生計をお立てなさいませ。

老人　おっしゃることはごもっともですが、若い頃からこの仕事で身過ぎ世過ぎをしてまいりましたので、今さら止めるなんてできそうもありませ

さてこの御堂《ミドオ》に泊《トマ》りて候

シテ〽げにげに里にてお宿参らせう《ショオ》ずる者は覚《オボ》えず候

ワキ〽さて御《オン》身は如何《イカ》なる人にて渡り候ぞ

シテ〽さん候これは鵜使《ウツカイ》にて候が、いつも月の程はこの御堂《ミドオ》に休《ヤス》らひ《イ》、月入《イ》りて鵜を使ひ《イ》候

ワキ〽さては苦しからぬ人にて候ぞや、見申せばはや抜《バッ》群《クン》に年《トシ》たけ給《タマ》ひ《イ》て候が、かかる殺生《セッショオ》の業勿体《ワザモッタイ》なく候、あは《ワ》れこの業を御止《オントマ》りあつて、余《ヨ》の業にて身命《シンミョオ》を御《オン》つぎ候《ソオラエ》へかし

シテ〽仰《オオ》せ尤《モット》もにて候へ《エ》ども、若　年《ジャクネン》よりこの業にて身《シン》命《ミョオ》を助かり候程に、今さら

ん。

従僧 ちょっとすみません。この人を見ていて思い出したことがございます。今から二、三年前に、この川下の岩落という所を通ったのですが、ちょうどこのような鵜使いに出会いましたので、仏の戒め給う十悪の内の「殺生」に当たることを申しますと、なるほどと思ったのでしょうか、私を自分の家に連れて帰り、一晩手厚く持てなしてくれたのですよ。

老人 それではその時のお坊様でいらっしゃいますか。

従僧 ええ、その時の僧です。

老人 もうし、それその鵜使いは亡くなってしまいましたよ。

従僧 それはまたどういうわけで亡くなってしまったのですか。

止《トマ》っつべう《ビョオ》もなく候

ワキツレ〽いかに申し候、この人を見て思ひ《イ》出《イダ》したる事の候、この二三箇年前《ニサンガネンサキ》に、この川《カワ》下岩落《シモイワオチ》と申す所を通り候《ソオラ》ひ《イ》しに、かやう《ヨオ》の鵜使《ウツカイ》に行《ユ》き逢《ア》ひ《イ》候程に、科《トガ》の中《ナカ》の殺《セッ》生《ショオ》の由《ヨシ》を申して候へ《エ》ば、げにもとや思ひ《イ》けん、我が家《ヤ》に連《ツ》れて帰り、一夜《イチヤ》けしからず摂《セッ》して候ひ《イ》しよ

シテ〽さてはその時の御《オン》僧にて渡り候か

ワキツレ〽さん候その時の僧にて候

シテ〽なう《ノオ》その鵜使こそ空《ムナ》しくなりて候へ《エ》

ワキツレ〽それは何故《ナニユエ》空しくなりて候ぞ

老人 恥ずかしながら、この業のために亡くなったのでございます。その時の様子を語ってお聞かせ申しましょう。後世を弔ってやってくださいませ。

旅の僧 わかりました。

老人 そもそもこの石和川というのは、上下三里（約12km）の間は殺生を厳しく禁じられた場所である。今おっしゃった岩落辺りに鵜使いは多いので、男は夜な夜なこの上流の場所に忍んで来て鵜を使った。土地の者たちは「なんと憎らしい奴の仕業だ。そいつを見つけ出そう」と謀《はか》ったのだが、そのことを夢にも知らずに、またある夜忍び上《のぼ》って鵜を使った。待ち構えていた人々はばっと寄って、「一殺多生《いっせつたしょう》」（一人を殺して多くの人を生かすこと）の理《ことわり》に従って、奴を殺せと言い合った。その時男は左右の手を合わせて、「このような殺生禁断の場所とは知りませんでした。今後はけっしていたしません」と、手を合わせて嘆き悲しんだのだが、助けてくれる人も無く……

シテ〽恥《ハツ》かしながらこの業《ワザ》にて空《ムナ》しくなりて候、その時の有様《アリサマ》語つて聞かせ申し候べし、跡《アト》を弔《トオ》うて御《オン》やり候へ《ェ》

ワキ〽心得申し候

[語リ]

シテ〽そもそもこの石和川《イサワガワ》と申すは、上下三里《カミシモサンリ》が間《アイダ》は堅く殺生禁断《セッショオキンダン》の所なり、今仰せ候岩落辺《イワオチヘン》に鵜使は多し、夜《ヨ》な夜なこの所に忍《シノ》び上《ノボ》つて鵜を使《ツコオ》ふ、憎《ニク》き者の仕業《シワザ》かな、彼《カレ》を見顕《ミアラワ》さんと企《タク》みしに、それをば夢にも知らずして、また或夜《アルヨ》忍《シノ》び上《ノボ》つて鵜を使《ツコオ》ふ、狙《ネロオ》ふ人々ばつと寄り、一殺多生《イッセツタショオ》の理《リ》に任《マカ》せ、彼を殺《コロ》せと言《イイ》ひあへ《エ》り、その時左右《ソオ》の手を合は《ワ》せ、かかる殺生禁断《セッショオキンダン》の所とも知らず候、向後《キョオコオ》の事をこそ心得《ココロエ》候べけれとて、

手を合は《ワ》せ嘆《ナゲ》き悲しめども、助くる人も波の底に

［下ゲ歌］

シテ〽罧刑《フシヅケ》にし給へ《エ》ば、叫《サケ》べど声が出《イ》でばこそ。

老人　簀《す》巻きにして波の底に沈められてしまったので、叫んでも声が出るはずもない。

老人による業力《ごうりき》の鵜使いの有様　鵜使いの老人（前シテ）は、自分が死んだ鵜使いの亡者であると告げ、旅の僧（ワキ）に言われるまま、懺悔《さんげ》として、生前の悪業の報いで死後もさせられている鵜飼の様子を見せる。

［掛ケ合］後半から立ち、松明を扱いながら、謡の文句に合わせて、表意の動きを見せる。

［問答］部分は各流異同が多い。金春のみ業力の鵜を使うことが「罪障懺悔」のためという言葉が入っていない。その他、内容に大差はない。［掛ケ合］「更け過ぎて」は金剛「更け方の」。「鵜使ふ頃にもなりしかば」は金春・喜多「鵜使ふ頃にもはやなりぬ」。「これはたこくの物語」は観世以外「これは他国の物語」。シテの「この川波にばつと放せば」は、下掛りは「ばつと」がワキの謡になる。［段歌《だんうた》］「面白の有様や」は観世以外くり返し。

老人　私はその鵜使いの亡霊でございます。

旅の僧　なんということでしょう。それならば「業力の鵜」（生前の悪行の報いで死後もやらされている鵜飼）を使ってお見せなさい。後世を懇ろに弔ってあげましょう。

老人　それはありがたいことでございます。では業力の鵜を使って、お目に掛けましょう。跡を弔ってくださいませ。

旅の僧　わかりました。

老人　すでに今宵も夜が更け行き、ちょうど鵜を使うのに適した時間になったので、さあ業力の鵜を使おう。

旅の僧（金剛・喜多は僧たち）　こんなことは地獄の物語、死んだ人が生前の悪業によって、地獄でこのような苦しみの辛い仕事をさせられている、それを目の前に見ることの不思議さよ。

［問答］
シテ〽その鵜使の亡者《モオジャ》にて候
ワキ〽言語《ゴンゴ》道断《ドオダン》の事にて候、さらば罪障《ザイショオ》懺悔《サンゲ》に、業力《ゴオリキ》の鵜を使う《ツコオ》て御《オン》見せ候へ《エ》、跡をば懇《ネンゴロ》に弔ひ《トムライ》申し候べし
シテ〽あらありがたや候《ゾオロ》、さらば業力《ゴオリキ》の鵜を使う《ツコオ》て御目《オンメ》にかけ候べし、跡《アト》を弔う《トオ》て賜は《ワ》り候へ《エ》
ワキ〽心得申し候

［掛ケ合］
シテ〽既《スデ》にこの夜《ヨ》も更《フ》け過ぎて、鵜使ふ《ツコオ》頃《コロ》にもなりしかば、いざ業力《ゴオリキ》の鵜を使は《ワ》ん
ワキ〽これはたこくの物語、死《シ》したる人の業《ゴオ》により、かく苦しみの憂《ウ》き業《ワザ》を、今《イマ》見る事の不思議さよ

老人 夜露に湿る松明を振りかざして、

旅の僧 藤蔓《ふじづる》で織った粗末な衣を襷掛《たすきが》けにし、

老人 鵜籠を開き鵜を取り出し、

旅の僧 巣立ったばかりの若く元気の良い鵜どもを、

老人 この川波にばっと放せば

地 なんて面白い有様だろう。水底にも映っている篝火に、驚く魚を鵜が追い回し、潜っては掬《すく》い上げ、続けざまに魚を呑み込む様子を見ている時は、自分が犯している罪深さもそれによって受ける報いの恐ろしさも死後の苦しみも、忘れ果てててただただ面白い。

もし満々と水をたたえる淀みが鯉で有名な淀川であるならば、生《い》け簀《す》の鯉がのぼってくることだろう。神功《じんぐう》皇后が鮎で吉凶を占ったという松浦の玉島川ではないけれども、小鮎が素早く走り回る浅瀬に追い込んで、魚は一匹も残しはし

シテ 〽湿《シメ》る松明《タイマツ》振り立てて、

ワキ 〽藤の衣《コロモ》の玉《タマ》だすき、

シテ 〽鵜籠《ウカゴ》を開《ヒラ》き取り出《イダ》し、

ワキ 〽島《シマ》つ巣《ス》おろし荒鵜《アラウ》ども、

シテ 〽この川波《カワナミ》にばつと放《ハナ》せば

[段歌]

地 〽面白の有様《アリサマ》や、底《ソコ》にも見ゆる篝火《カガリビ》に、驚《オドロ》く魚《ウヲ》を追《オ》ひ《イ》廻《マワ》し、潜《カヅ》き上げ抄《スク》ひ《イ》上げ、隙《ヒマ》なく魚を食《ク》ふ《ウ》時は、罪《ツミ》も報《ムク》いも、後《ノチ》の世《ヨ》も、忘れ果《ハ》てて面白や。

みなぎる水の淀《ヨド》ならば、生《イケ》簀《ス》の鯉《コイ》や上《ノボ》らん、玉島川《タマシマガワ》にあらねども、小鮎《コアユ》さばしるせぜらぎに、かだみて魚《ウヲ》はよもためじ。

不思議やな篝火《カガリビ》の、燃《モ》えて

ない。おかしい。篝火が燃えているのに、火影が暗くなったのはなぜだろう。思い出した、月が出たのだ、悲しいことに。

も影《カゲ》の暗《クラ》くなるは、思ひ出《イ》でたり、月になりぬる悲しさよ。

6

鵜使いの老人の退場　鵜使いの老人（前シテ）は、業力の鵜飼が終わり、この世に未練を残しつつ、姿を消す。

シテは泣きながら常座へ行き、ワキを見つめてから橋掛りを通って退場する。

[歌]「闇路に帰る」は下掛り「闇路にまよう」。

地　鵜舟の篝火が消えて、辺りが暗闇になると、暗闇のあの世に帰らなければならないこの身の、この世への名残惜しさをどうしたらいいのだろう。

[歌]

地　〽鵜舟の篝影《カガリカゲ》消えて、闇路《ヤミヂ》に帰るこの身の、名残惜しさを如何《イカ》にせん、名残惜しさをいかにせん。

【中入】

7

石和の里人と旅の僧の会話　石和の里人（アイ）は、僧たちのことを心配して、様子を見に御堂へやって来る。旅の僧（ワキ）が、罧《ふしづけ》の刑にあった漁師のことを尋ねると、里人は中央に出てすわり、鵜使いの老人が語ったのと同様の物語をする。僧が最前出会った老人のことを語ると、鵜使いの幽霊が現れたのだろうから、供養して欲しいと願う。求めに応じて僧は、石を拾い、一石に一文字ずつ経文を書いて波間に沈め、成仏させることを約束する。里人は石を拾う手伝いをしようと言って、退く。

［問答・語リ］
（狂言問答アリ）

8

旅の僧たちの供養　旅の僧たち（ワキ・ワキツレ）は、脇座に着座のまま、河原の小石に法華経の一文字ずつを書いて波間に沈め、弔う。

返しの「川瀬の石を拾ひ上げ」は、宝生・金春はワキツレの謡になる。

旅の僧たち　川の浅瀬にある石を拾い上げて、川瀬の石を拾い上げ、妙なる法の御経（法華経）の文句を、一石に一文字ずつ書いて、波間に沈めて弔うならば、地獄から極楽に浮かび上がれないはずはない。

［上ゲ歌］

ワキ
ワキツレ　〽川瀬《カワセ》の石を拾《ヒロイ》ひ上げ、妙《タエ》なる法《ノリ》の御経《オンキョオ》を、一石《イッセキ》に一字《イチジ》書きつけて。波間《ナミマ》に沈め弔《トムラワ》はば、などかは浮かまざるべき、などかは浮かまざるべき。

9

地獄の鬼の登場　亡者を極楽浄土に送るために、恐ろしい地獄の鬼（後シテ）が姿を見せる。一の松に止まって［（サシ）］を謡い、［（一セイ）］を謡いながら舞台に入って大小前に立ち、次いで舞台を大きく廻って、月を見上げる所作をする。［（サシ）］「功力に引かれ、急ぎ仏所に送らんと」は下掛り「功力により、急ぎ仏所に送るべしと」。「悪鬼心を和らげて」は宝生ナシ、喜多は「急ぎ」の前にある。下掛りは「悪鬼心を和らげ」。［（一セイ）］「気色かな」は下掛り「ひかりかな」。「浮雲も」は下掛り「浮き雲は」。「千里が外も」は金剛・喜多「千里の外も」。「真如の月や、出でぬらん」は下掛り「真如の月も、出でつべし」。

〔早笛〕　太鼓入りの激しい登場楽に乗って、後シテが登場する。

〔早笛〕

地獄の鬼　地獄は遠くにあるのではない。人間が目前に見ている世界が地獄にもなり、地獄の悪鬼は人間の心に存在するのだ。そもそも彼の者は、若い時分からずっと河で漁をしており、その殺生によって犯した罪は夥《おびただ》しい数に上る。だから閻魔庁で罪状を記録する鉄札は何枚も溜まり、善行を記す金紙には一度も名前を書かれたことがない。当然無間《むげん》地獄の底に堕《お》とすはずだったのだが、一人の僧に一夜の宿を貸した功徳に免じてその罪を許し、急遽極楽に送ろうと、地獄の悪鬼も寛容になり、鵜舟を極楽に送るための救いの舟として仕立てた。

［（サシ）］
シテ〽それ地獄《ヂゴク》遠きにあらず、眼前《ガンゼン》の境界《キヨオガイ》、悪鬼《アツキ》外《ホカ》になし、抑《ソモソ》もかの者、若年《ジヤクネン》の昔より、江河《コオガ》に漁《スナド》つてその罪《ツミ》夥《オビタタ》し、されば鉄札数《テツサツカズ》を尽《ツク》し、金紙《キンシ》を汚《ヨゴ》す事もなく、無間《ムケン》の底《ソコ》に、堕罪《ダザイ》すべかつしを、一僧一宿《イツソウイツシユク》の功力《クリキ》に引かれ、急ぎ仏所《ブツシヨ》に送らんと、悪鬼心《アツキココロ》を和《ヤワ》らげて、鵜舟を弘誓《グゼイ》の船になし

地獄の鬼　手向けられた法華経の功徳に助けられ、救済の舟は極楽に向かう川に浮かび、（宝生は地）消えていた篝火も再び灯って、行く手を照らしている。

［（一セイ）］
シテ〽法華《ホツケ》の御法《ミノリ》の済《タス》け船《ブネ》、篝《カガリ》火《ビ》も浮かむ気色《ケシキ》かな。

地　（宝生・下掛りは地獄の鬼）　浮き雲のような迷いの多

地　〽迷《マヨイ》ひの多き浮雲《ウキクモ》も、

い心も、

地獄の鬼（宝生・下掛りは地）強い風が吹いて雲を散らすがごとく、仏の見せる真実の世界（実相）を教え授けられると、

地　千里の外までも雲が晴れて美しい月が照り輝くように、悟りの境地に達することができるに違いない。

シテ〽実相《ジッソオ》の風荒《アラ》く吹いて、

地〽千里《センリ》が外《ホカ》も雲晴《ハ》れて、真《シン》如《ニョ》の月や、出《イ》でぬらん。

旅の僧と地獄の鬼の対話　亡者を極楽に送る様子を目の当たりにした旅の僧（ワキ）に問われるまま、地獄の鬼（後シテ）は法華経の真義を教え、法華経を賞賛する。

ワキのセリフは、地謡が代弁して、地謡とシテが交互に謡うロンギ謡の方法が採用されている。「ありがたの御事や」、下掛りはくり返す。「魔道」は下掛り「邪道」。「三つもなく」は下掛り「三つもなき」。「力ならずや」は下掛り「利益ならずや」。

地　なんと有難いことだろう。地獄に堕ちている悪人を、極楽にお送りくださる、そのめでたい有様を目の当たりにするあらたかさよ。

地獄の鬼　法華経はご利益が多いのでその力によって、地獄に沈んでいる衆生を、救済するためにやって来たのだ。

地　まことに有難いご誓願です。それでは「妙法蓮華経」の「妙」の一字はどのような意味ですか。

地獄の鬼　それは法華経を賞賛する言葉で、最高位の素晴らしい教えであると説かれている。

地　「経」とは、なぜ名付けられたのでしょう。

地獄の鬼　それは仏の教えの総称であり、

地　法華経は二つとは無く

地獄の鬼　三つとも無い、

［ロンギ］

地　〽ありがたの御事《オンコト》や、奈落《ナラク》に沈む悪人《アクニンノ》を、仏所《ブッショ》に送り給《タモオ》ふなる、その瑞相《ズイソオ》のあらたさよ、

シテ　〽法華《ホッケ》は利益《リヤク》深き故《ユエ》、魔道《マドオ》に沈む群類《グンルヰ》を、救《スクワ》はん為に来りたり、

地　〽げにありがたき誓《チカイ》ひかな、妙《ミョオ》の一字《イチジ》はさて如何《イカ》に、

シテ　〽それは褒美《ホオヒ》の言葉にて、妙《タエ》なる法《ノリ》と《ト》説かれたり、

地　〽経《キョオ》とはなどや名づくらん、

シテ　〽それ聖教《ショオギョオ》の都名《トメイ》にて、

地　〽二つもなく

シテ　〽三つもなく、

地　唯一絶対の教えであり、法華経の功徳によって、地獄に沈み果てて、救済される手立の無い悪人が、成仏出来るのは、この経の力以外の何物でもない。

地　へ唯一乗《タダイチジョオ》の徳によりて、奈落《ナラク》に沈み果《ハ》てて、浮かみ難《ガタ》き悪人《アクニン》の、仏果《ブックワ》を得《エ》ん事は、この経《キョオ》の力《チカラ》ならずや。

11

終曲　地獄の鬼（後シテ）は、衆生には僧の供養が、僧には廻国行脚こそが重要と説いて、地獄に還っていく。

「悪人なりとても」は下掛り「悪人なりとも」。「供養するならば」は下掛り「供養ずるならば」。

地　このような有難い出来事を見たり話を聞いたりすれば、たとえ悪人であっても、慈悲の心を優先して、僧に供養すると、仏縁を得て、極楽往生を遂げることができるのだとわかるだろう。まさに行脚によって生じる利益こそが、他者を救済できる力となるのだ。

［キリ］

地　へこれを見かれ、これを見かれを聞く時は、たとひ《イ》悪人《アクニン》なりとても、慈悲《ジヒ》の心を先《サキ》として、僧会《ソオエ》を供養《クヨオ》するならば、その結縁《ケチエン》に引かれつつ、仏果《ブックワ》菩提《ボダイ》に到《イタ》るべし、げに往来《ヲオライ》の利益《リヤク》こそ、他《タ》を済《タス》くべき力《チカラ》なれ、他を済くべき力なれ。

〈鵜飼〉の舞台

観世流シテ方・河村　晴久

囃子《はやし》方地謡《かたじうたい》が座付くと、笛の独奏になり、旅の僧（ワキ）同行の僧（ワキツレ）が現れる。流儀によっては石《いさ》和《わ》の里人（間狂言《あいきょうげん》）も、同行しているわけではないが、共に現れ橋掛《はしがか》りの狂言座《きょうげんざ》に座付く。僧が名乗り、道行《みちゆき》をして石和に着く。里人に宿を借りようとするが禁制により貸してもらえない。仕方なく里人に教えられた川崎の御堂に泊まる。謡本には書かれていないが、このあたりの僧と里人の問答が面白い。暗闇に松明《たいまつ》を振り立てて鵜使い（前シテ）が現れ、身の境涯を嘆く。僧と言葉を交わすと、同行の僧が以前に出会った鵜使いの事を思い出す。鵜使いは、その男は亡くなったと言い、座って物語を始める。座るときに松明の先を舞台にこすりつけるのは、火を消す所作である。さて自分はその殺された鵜使いであると名乗り、僧のすすめに鵜を使う場面を再現する。この一段は「鵜之段《うのだん》」（18～19頁）といわれ、この能の見所である。松明を振り立て、扇を鵜籠に見立てて鵜を放ち、水中の魚を追い回す。生物を殺《あや》めては地獄へ堕ちると知りつつ、その行為が面白くなる。しかし篝火《かがりび》が消え、鵜使いは暗闇の世界に帰って行く。俳人芭蕉の「おもしろうてやがて悲しき鵜舟哉」の世界に重なる。里人は御堂に案内した僧のことが気になり、様子を見に来る。問いに任せて殺された鵜使いのことを語り、僧に弔いをすすめる。僧が弔うと〔早笛《はやふえ》〕の演奏で地獄の鬼（後シテ）が現れ、鵜使いが本来地獄へ堕ちるべきところ、生前に僧を接待した功徳により、極楽へ送られると告げ、法華経の徳をたたえる。

観世流の「真如之月《しんにょのつき》」の小書《こがき》（替演出）では中入の間狂言の部分がなくなり、すぐに僧の待謡《まちうたい》（21頁）となる。同様に金剛流の「無間《むげん》」も無間地獄《むげんじごく》を思わせるが、要するに間狂言（間《あい》と略称する）が無くなる意味である。楽屋ではきわめて短時間で装束を着替える。〔早笛〕もいつもよりはゆったりと始まり、鬼の登場と共に急に早くなる。間狂言なしの演出は、古態の能の、前半の主役が舞台にとどまり（この場合鵜使い）、後半に別の主役（鬼）が登場する名残とも思われる。

唐冠《とうかむり》―地獄の鬼、〈賀茂〉などの神、〈鶴亀〉などの唐物《からもの》に用いる。和紙を漆で固めて作る。

面《おもて》―小癋見《こべしみ》。口を固く結んだ鬼の面。地獄の鬼は、姿も心も鬼であり、世阿弥のいう「力動《りきどう》」の鬼であり、手強くきびきび動く。対して人が地獄へ堕ちると「砕動《さいどう》」の鬼であり、こちらは口を開いた面を使う。

赤頭《あかがしら》―赤は発散する力強さをあらわす。替えの演出では黒頭《くろがしら》になり、さらに手強い表現となる。

修羅扇《しゅらおうぎ》―波濤《はとう》に入り日の図柄の扇。この扇は負修《まけしゅ》羅扇《らおうぎ》といわれ、平家の公《きん》達《だち》の曲に使うが、本曲や〈船橋《ふなばし》〉、〈鉄輪《かなわ》〉などの鬼にも用いる。

狩衣《かりぎぬ》―この絵は袷《あわせ》の狩衣。袷の法被《はっぴ》を用いることも、また替えの演出では「裳着胴《もぎどう》」といって上衣を用いないこともある。

半切《はんぎり》―金襴の生地で作った袴。張りを持たせるため、後布の中に畳表が入れてある。

腰蓑《こしみの》―漁師などが用い、着流しの上に装着する。一般に麻を染めて作る。

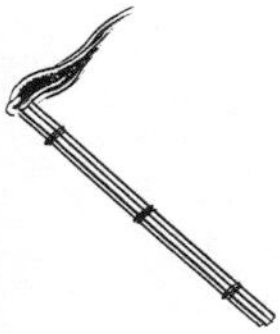

松明《たいまつ》―炎の部分は、赤頭と同じ赤熊《しゃぐま》（赤く染めたヤクの尾の毛）

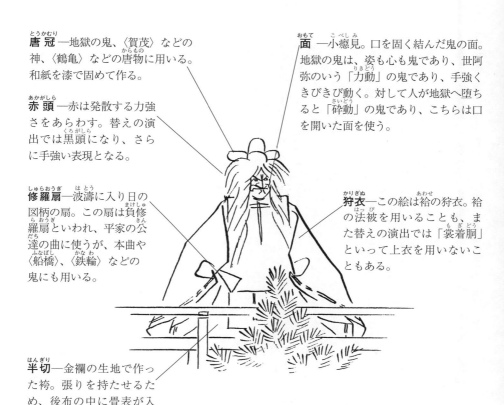

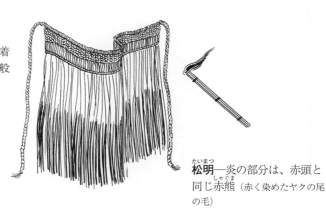

能の豆知識

シテ 能の主役。前場のシテを前シテ、後場を後シテという。

ワキ シテ（主役）の相手役。脇役のこと。

ツレ シテやワキに連なって演じる助演的な役。シテに付くものをツレ（シテツレともいう）、ワキに付くものをワキツレという。

間狂言《あいきょうげん》 能の中で狂言方が演じる役。アイともいう。狂言方の主演者をオモアイ、助演者をアドアイとよぶ。

地謡《じうたい》 能・狂言で数人が斉唱する謡。謡本に「地」と書いてある部分。地ともいう。能では舞台右側の地謡座と呼ばれる場所に八人が並び謡う。シテ方が担当する。

後見《こうけん》 舞台の後方に控え、能の進行を見守る役。装束を直したり小道具を受け渡しするなど、演者の世話も行う。

後見座《こうけんざ》 鏡板左奥の位置。後見をつとめるシテ方（普通は二人、重い曲は三人）が並んで座る。

見所《けんしょ》 能の観客及び観客席のこと。舞台正面の席を正面、舞台の左側、橋掛りに近い席を脇正面、その間の席を中正面と呼ぶ。

物着《ものぎ》 能の途中、舞台で衣装を着替えたり、烏帽子などをつけたりすること。後見によって行われる。

中入《なかいり》 前・後半の二場面に構成された能で、前場の終わりに登場人物がいったん舞台から退場することをいう。

床几《しょうぎ》 椅子のこと。能では鬘桶《かづらおけ》（鬘を入れる黒漆塗りの桶）を床几にみたてて、その上に座る。

作《つく》り物《もの》 主として竹や布を用いて、演能のつど作る舞台装置。

〈鵜飼〉のふる里

鵜飼山遠妙寺《うかいさんおんみょうじ》

山梨県笛吹市石和町市部一〇一六
ＪＲ中央本線石和温泉駅より徒歩15分／鵜飼山バス停から徒歩３分

日蓮宗の寺院。日蓮とその弟子日朗が巡礼の途次、甲斐の国ここ石和で漁師の亡霊に接し、七つの石の経石に南無妙法蓮華経の一字ずつを書き、水に沈めて供養をし、亡霊を救済した。この老漁師は元大納言平時忠が甲斐へ逃れ、鵜飼勘作と名乗り、鵜飼を生業としていたと伝わる。境内には鵜飼漁翁を祀った祠や、勘作の墓、経石、一字一石供養塔、日蓮日朗の供養塔などがある。寺から二〇〇ｍの笛吹川に架かるのが鵜飼橋。

岩落《いわおち》

石和町日の出
漁師が沈められた岩落は鵜飼橋から下流へ2.5㎞。

（編集部）

お能を習いたい方に

能の謡や舞、笛、鼓に興味をもたれたら、ちょっと習ってみませんか。どなたでも能楽師からレッスンを受けられます。関心のある方は、能楽堂や能楽専門店（檜書店☎０３‐３２９１‐２４８８ わんや書店☎０３‐３２６３‐６７７１ 能楽書林☎０３‐３２６４‐０８４６など）に相談すれば能楽師を紹介してくれます。またカルチャーセンターでもそうした講座を開いているところがあります。

三宅晶子（みやけあきこ）
横浜国立大学教育人間科学部教授。愛知県生まれ。早稲田大学大学院文学研究科博士課程修了。文学博士。
著書に『世阿弥は天才である』（草思社）、『歌舞能の確立と展開』（ぺりかん社）がある。

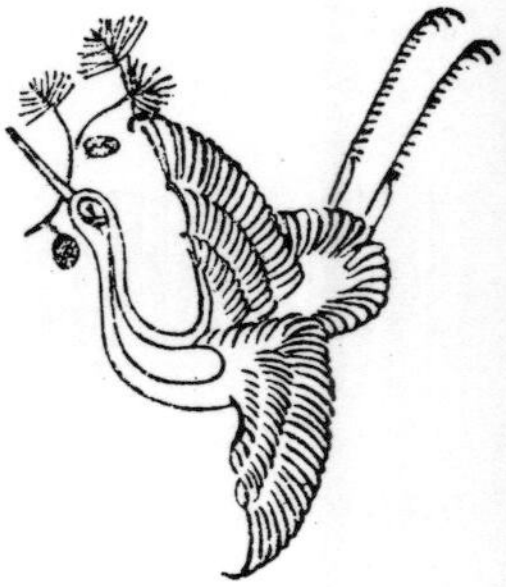

✣対訳でたのしむ✣

鵜《う》飼《かい》

発行———平成28年8月2日　第一刷
著者———三宅晶子
発行者——檜　常正
発行所——檜書店
東京都千代田区神田小川町2-1
電話03-3291-2488　FAX03-3295-3554
http://www.hinoki-shoten.co.jp
装幀———菊地信義
印刷・製本—藤原印刷株式会社

ISBN978-4-8279-1048-3 C0074
Printed in Japan

鵜飼

9784827910483
1920074007000
ISBN978-4-8279
C0074 ¥700E
定価　本体700円
檜書店